Belinda Pestañó 1;

Belinda Blinked 1;

Autor; Rocky Flintstone:

Traductor; Luis Miguel Lozano

Una historia moderna de sexo, erotica y pasión;

Como la chica de ventas más sexy en el negocio gana su enorme bono al ser la mejor en quitarse sus tacones altos.

Belinda Blumenthal tiene sexo excitante y solicitado regularmente, tan regular de hecho que ella gana grandes bonos por ello. Con su base en Londres, Reino Unido, Belinda trabaja para Steeles Ollas y Sartenes como su Directora de Ventas mundiales. Sexualmente apoyada por Giselle y Bella sus colegas principales en la oficina, Belinda siempre obtiene el pedido cuando se refiere a los hechos. La clientela es grande así que Belinda tiene al mundo entero para follar y mira que lo hace. Éste es el primer libro en la serie de Belinda Blinked en donde ella es contratada por Tony su Director Gerencial y luego parte a hacer unas ventas avanzadas al traer a la mesa a un cliente Europeo grande, Peter Rouse, y hace progreso inicial con el mercado Norte Americano a través de Jim Stirling. Lea sobre las conquistas sexuales que estos hombres hacen y como la misteriosa Duquesa le da vida a Belinda con la fantasía sexual de ropa de cabalgar a través de las botas negras y flexibles, los pantalones de montar y látigos con mangos de cuero....

Contenidos;

La Duquesa se confiesa;

Capítulo 14;

Lunes en la mañana 7.45am;

Capítulo 1;

La entrevista de trabajo;

Belinda Blinked...

Belinda Pestañó;

no era un sueño, el entrevistador le acabó de pedir que se quitara su chaqueta y su blusa de seda. El Director Gerencial al otro lado del escritorio que inocentemente la trajo desde recepción sonreía y asentía hacia ella con su cabeza. Lentamente con una pizca de picardía, Belinda se quitó ambas prendas. Su sostén negro estaba trabajando doble para contener su amplio busto, ella se lo había puesto para este día ya que estaba apretado a porpósito... ella nunca pensó que sería expuesto de una forma tan simple.

El DG se levantó y tomó la blusa y chaqueta. Él las colgó en un perchero de madera elegante en la esquina y volvió a sentarse. ¿Ahora qué se preguntaba Belinda? El entrevistador continuó cuestionando su CV y luego de cinco minutos, le preguntó a ella que se removiera su falda que le llegaba a las rodillas. Belinda se levantó, removió la prenda ofensiva y la pasó con cierta sorpresa al DG.

Debajo ella tenía puesto una pequeña tanga negra y unas sexy medias negras por las cuales no pidió perdón alguno; después de todo ella era una mujer de lujo. Ella se sentó nuevamente y cruzó sus largas piernas. Ella sabía que se veían bien, pero ella realmente sentía que quería mantener su área privada del coño escondida. Belinda se recostó en la silla de cuero blanco y comenzó a sudar gentilmente.

Luego de diez minutos más de preguntas el DG se levantó y caminó al rededor de Belinda, él sutilmente le bajó las medias hasta sus tobillos. Él le removió los tacones rojos y brillantes y metió las medias dentro de ellos. Estos fueron puestos bajo el perchero por el entrevistador. Belinda ahora se sentía expuesta, con sólo un sostén y una tanga puesta, ella pensaba que la desnudez total no estaba lejos, ¿y después qué?

El DG entonces la sorpendió al decirle que querían ofrecerle el trabajo como su Directora de Ventas hoy mismo luego de completar algunos ciertos detalles. Belinda estaba sorprendida ya que el trabajo ganaba £85,000 al año más carro y todos los beneficios de viaje, así que asintió con la cabeza. Con su acuerdo dado el DG caminó detrás de ella y soltó el sostén negro y apretado en un movimento rápido. Los senos de Belinda calleron a su libertad y sus pezones inmediatamente se pararon en atención.

El DG se sentó y la apreció, mientras el entrevistador le pidió calmadamente que se levantara y se quitara su tanga. Su concha afeitada fue revelada con sólo una delicada tira de pelos púbicos que guiaba a cualquier espectador al tope de su vagina.

'Ahora siéntese y relájese Señorita Blumenthal.' dijo el entrevistador. 'De hecho, sólo abra sus piernas para poder mirar bien sus atributos internos.' Belinda se recostó en la silla de cuero y abrió sus piernas como le fue pedido. Sus tapas vaginales se abrieron y su rosado labial estaba ahí para ellos asesar. Ella rapidamente se humedeció y un flujo de líquido le corrió bajo su muslo izquiero.

El DG entonces dijo, 'Mi nombre es Tony, y tú te reportarás directamente conmigo. Bill aquí es nuestro Director de Recursos Humanos y está disponible para ti a cualquier momento. Tal vez lo necesites ya que diriges un equipo de 28, incluyendo algunos que necesitan coger!

Belinda asintó con la cabeza y preguntó lo que era la pregunta obvia para ella,

'¿Y cuándo me cogen ustedes?'

Tony respondió rápidamente,

'Bueno, Bill aquí nunca lo hará ya que no está su lista de responsabilidades, y yo tal vez lo haga, dependiendo cuan fuerte trabajes para mí. Pero llegemos al punto Belinda, la razón por la cual te hemos puesto a través de esta situación es para asegurarnos de tu reacción positiva hacia ciertos miembros de nuestra clientela que definitivamente van a intentarlo contigo. Así que te preguntaré aquí y ahora, esto te causa algún problema?'

Belinda Blinked;

Ella sacudió su cabeza y dijo,

'Mientras tenga el apoyo tuyo y el de la compañía yo haré lo que sea necesario para que las ventas se hagan.'

'Muy bien Belinda.' dijo Tony a lo que una sonrisa cruzaba su rostro masculino.

Tony entonces le pidió a Bill que se fuera y le dijo mientras éste salía de la oficina,

'Envía a Giselle con el contrato.'

Luego de algunos minutos una chica de 26 años, sensacionalmente atractiva y rubia entró con una libreta y una gavilla de papeles en mano.

'Suelta esos papeles Giselle y conoce a Belinda nuestra nueva Directora de Ventas.'

Belinda se levantó, aún completamente desnuda y saludó a Giselle con la mano. En respuesta Giselle tomó la cara de Belinda en sus manos y la besó en la boca, Belinda instinctivamente abrió su boca y la lengua de Giselle entró como una serpiente y ambas compartieron el toque de éxtasis.

En ese momento mágico Giselle comenzó a desvestirse. No tardó mucho ya que no llevaba puesta ropa interior alguna y Belinda pensó, esta chica hace esto muy a menudo para que esto sea un evento de una vez de por vida. Sin embargo Giselle era una criatura magnífica, tetas por las que morirían muchos y un culo tan apretado, hasta Belinda sintió competencia, aunque ella era igual en todos los aspectos y la verdad ella sentía que tenía mejores senos en cuanto a la forma. Con aciones suaves y calladas, ella pronto tenía a Belinda jadeando. Belinda sólo pudo responder chupándole los senos a Giselle y mordisqueando sus pezones vigorozamente. Nada mal para su última entrevista para el trabajo de sus sueños.

Tres semanas luego Belinda se había aclimatado a la mayoría del trabajo administrativo, pero aún estaba tratando de manejar la base de clientes tan grande y su nueva fuerza de venta. Era un típico jueves lluvioso por la tarde en la oficina y mañana, viernes era su primera reunión de ventas Regionales donde ella discutiría ventas con sus cuatro gerentes regionales. El reloj de la alcaldía había cantado las tres cuando Giselle la llamó a la oficina de Tony.

'Buenas tardes Belinda.' dijo Tony, 'Hay un evento corporativo muy exclusivo este domíngo en la casa de campo de nuestro presidente, BBQ y todo eso. Viste ropa de jugar tenis… muy casual, no y repito no ropa interior tal como tangas o sostenes.'

Belinda se miraba ahora intrigada. Tony sonrió y dijo… '¡Entenderás cuando estés ahí! Dejaré que Giselle te reserve un cuarto para el domingo en el hotel local. Se llama El Caballo Y Jinete. ¿OK? Es probablemente mejor si vas al hotel a hacer tu check in antes que llegues a la casa del viejo.'

Belinda asintió con la cabeza, 'Definitivamente puedo reestructurar mi viaje de compras para el sábado. ¡Ah y no me voy a molestar en comprar ninguna tanga o sostén!' Ella sonrió dulcemente y Tony rió. 'Bien, ve y pasa por mi cuarto de cuero a lo que traigo a Giselle'. Tony abrió lo que parecía la puerta de una alacena normal en la esquina de su oficina y prendió unas luces delicadas. Belinda entró y la puerto cerró tras ella.

'¡Wow!' ella pensó, Tony no estaba bromeando, esta era su primera visita a esta parte de las oficinas y el cuarto entero incluyendo el piso estaba cubierto de losas de cuero exquisitas, debieron haber costado una fortuna. No había ningún otro mueble excepto un gabinete de bebidas extremadamente sofisticado y costoso en la esquina. '¿Qué cosas hará él aquí?'ella pensó.

Belinda se dio cuenta que ella se enteraría más pronto de lo que pensaba. De todos modos, qué importaba, ella estaba sorprendida que él no había intentado nada con ella después de aquella entrevista final. Después de todo él era un hombre soltero guapo y era muy profesional en su enfoque en cuanto al negocio. Con la astuta dirección de él, ella se había instalado exitosamente como Directora de Ventas y ahora preparaba su estrategia para unas cuentas mayores, nuevamente con ayuda de él.

Belinda pensó en Giselle, ella probablemente era el gusto preferido de mujer de Tony, cinco años menor que ella a los 24, Giselle era rubia no oscura como Belinda, Ella era la asistente personal de Tony y su mano derecha, de nacionalidad Holandesa, y probable sucesora de Tony como DG en cuatro o cinco años cuando Tony suba la jerarquía empresarial. Belinda no estaba interesada en ser DG así que nunca existiría conflitcto entre ella y Giselle. Esto era probablemente algo bueno para la longetividad con el vestido.

Los pensamientos de Belinda fueron interrumpidos cuando la puerta abrió y Giselle entró.

'Hola Belinda, ¿qué piensas de este "cuarto de cuero clavador"?'

Belinda sonrió y dijo, 'Podría darme un trago….'

Giselle caminó al gabinete de bebidas, sirvió dos Gin Tonic y comenzó a sobar las tetas de Belinda con sus uñas largas. Belinda sintió como ella misma respondía y tomó una bebida ligera mientras podía. Sin preguntar, puso su lengua en la boca de Giselle.

'Eso sabe rico' dijo Giselle mientras removía la chaqueta y la falda de Belinda. Belinda deslizó las tiras del traje de Giselle y en un movimiento rápido le quitó todo el traje.

'Muy profesional Belinda.' dijo Giselle a lo que su atención regresó nuevamente a las tetas de Belinda. Le tomó sólo un segundo a Giselle removerle la blusa se satín a Belinda y empujar hacia arriba las copas del sostén. Los pezones de Belinda comenzaron a hincharse en anticipación antes que los labios y dientes de Giselle comenzaran a castigarlos.

Le tomó el mismo tiempo a Belinda para quitarle el sostén a Giselle y luego bajarle las bragas al suelo. Giselle hábilmente salió de ellas y pateó sus tacones a la esquia del cuarto.

'Acuéstate en el piso Belinda, y disfruta todo ese cuero.' dijo la ahora completamente desnuda Giselle.

Belinda hizo como ordenado al igual que quitarse su sostén. Ahora estirada en el suelo con sólo su tanga en lugar Belinda estaba dispuesta a todo… además ¿qué más estaría haciendo ella un jueves lluvioso por la tarde, doce horas antes de su primera reunión de Ventas Regionales?

Las manos de Giselle pronto hicieron un trabajo liviano en la tanga de Belinda. Las dos chicas comenzaron a excitarse una a la otra y pronto sus respectivas vaginas estaban mojadas y vaporosas. Tomaron turnos en lamer el clítoris de la otra y cuando Tony entró ambas estaban listas para un poco de interacción masculina.

Sin embargo Tony tenía otras ideas y sólo rozó el cuerpo de Belinda con sus manos sintiendo sus senos y culo responder. Su objetivo real era Giselle y prontamente estaba profundamente lamiendole la concha. Mientras Giselle le hacía lo mismo a Belinda así que todos estaban recibiendo satisfacción. Luego de alrededor de quince minutos de esta actividad intensa Belinda se excusó, recogió su ropa descartada y salió del cuarto de cuero. Giselle y Tony se quedaron para una sesión adicional de la cual Giselle sin duda le contaría a Belinda el viernes al almuerzo.

Mientras comenzaba a vestirse en la oficina de Tony la recepcionista principal Bella entró y sorprendió a Belinda desnuda ajustando su tanga. 'Ven, déjame hacer eso por ti,' dijo Bella, 'Sé cuán importante es alcanzar una línea recta con la tanga... mira la mía.' Bella subió su traje y reveló una tanga más pequeña que la que Belinda traía puesta. Belinda sobó el culo de Bella en apreciación y pensó lo obvio... ¡otra no! ¿Con qué corría esta oficina... adrenalina de alto poder sexual?

Bella se volteó y acarició las tetas sustentables de Belinda que aún sufrían de las atenciones de Giselle. Belinda respondió poniendo su mano entre las piernas de Bella, moviendo su tanga a un lado para poder toquetear su clítoris. Bella gimió y comenzó a besar a Belinda en la boca.

'Ayudame a vestirme' jadeó Belinda, no queriendo ser descubierta por Tony y Giselle saliendo del cuarto de cuero, que Bella probablemente no tenía idea que existía. Bella tomó la indirecta y se calmó, tomando placer excesivo en ponerle el sostén y las medias a Belinda en su cuerpo lampiño.

'Hagámos esto otra vez y en privado.' dijo Belinda. Bella asintió con la cabeza mientras le enderezaba la tanga a Belinda por última vez y recogió la correspondencia por la que había ido a la oficina de Tony.

'Te sostendré a eso Belinda,' dijo Bella, 'Mi lugar próximo viernes por la noche, digamos 9.00pm.'

'¡Es una cita!' Belinda contestó, preguntándose cómo tendría la energía sexual para sobrevivir la próxima semana, pero instinctivamente ella sabía que si le ofrecían sexo ella lo tomaría de buenas.

Belinda fue a su oficina y tomó su maletín. En su escritorio había una agenda con detalles de la asistencia de los clientes invitados a la fiesta del domingo en la casa del presidente. Sería una lectura interesante por la noche cuando regresara a su apartamento y como preparación final para su reunión de Gerentes de Venta Regional en la mañana. Afuera en el estacionamiento Belinda se montó en su Mercedes coup de dos semanas. Elegante y caro, Belinda amaba esta parte del trabajo. Ella disparó el motor y manejó veinte minutos a su nuevo apartamento en el centro de Londres.

Belinda desayunó temprano y estuvo en la oficina a las 7.30am. Este era probablemente un día muy importante para ella ya que sería la primera vez que ella iba a conocer su alta gerencia de ventas del Reino Unido, en otras palabras las personas que se reportaban a ella en términos de negocios. Ella no tenía ninguna percepción en particular... sólo mucha información de terceros sobre el desempeño y calibre de sus cuatro gerentes. También habían más o menos veinte vendedores que se reportaban con ellos en las afueras y ella tenía justamente, o injustamente, pensamientos pesimistas sobre cómo la organización de ventas al por mayor estaba ejecutando.

Pero siempre se puede sorprender en ventas, especialmente cuando hablas con las personas en confianza y los convences... a aceptar tu manera de hacer las cosas. Belinda era buena para eso, y Tony lo sabía... ésta era probablemente una de las muchas razones por las cuales él la había contratado. No había mucho deseo de despedir a toda la fuerza de ventas y traer nuevas personas en el plan empresarial de Tony... desarrolla lo que tenemos era su mantra.

Belinda ya había desarrollado una estrategia con Tony en sus primeras tres semanas de inducción a la compañía... era simple, si los vendedores y gerentes de ventas mostraban cualquier indicio de buen desempeño entonces se quedan. Si no, tragas lo que venga y se descartan. Belinda era estricta pero no mercenaria y ella usaría todos sus talentos para hacer que este equipo de ventas funcionara. Ella sólo se preguntaba cuán lejos tendría que llegar para traerlos a su lado.

Eran las nueve en punto y Bella la llamó desde recepción para decirle que dos Gerentes Regionales norteños querían un aventón desde Heathrow ya que no pudieron conseguir un taxi que los llevara a las oficinas. Clásico, pensó Belinda, la compañía se ubica cerca de Heathrow y no puedes conseguir un taxi entre los dos lugares porque la tarifa del taxi es muy baja! Belinda tomó el teléfono a su gerente de Ventas administrativa, Jim Thompson... su Señor Resuélvelo Todo en la organización de ventas. ´Hola Jim, es Belinda, ¿puedes rescatar a mis dos Gerentes de Ventas Regionales en el Aeropuerto?'

'Con gusto Belinda, ¿puedo tomar el carro compartido? contestó Jim.

'Seguro,' Belinda contestó, '¡Sólo ponles el costo a ambos!'

Jim se rió de buena gana y dijo, '¡Así lo haré!'

Un toque en la puerta de Belinda vio a su Gerente de Ventas Regional de Londres y Condados Locales meter la cabeza por la puerta. ´Disculpe la intrusión, Señorita Blumenthal, pero soy Des Martin... ya sabe, su hombre en Londres.'

Belinda se levantó, '¡Des¡ Mucho gusto en conocerte, toma asiento, justo estamos recogiendo a dos de los chicos de Heathrow, lo cual deja a nuestro hombre del Oeste aparecer.'

'Ah, se refiere a Dave Wilcox de Bristol.' dijo Des.

'Ciertamente.' contestó Belinda mientras se sentaba tras su escritorio. 'Oh por cierto, llámame Belinda de ahora en adelante.'

'Así haré Belinda.' contestó Des con confianza mientras le echaba un ojo a sus piernas y culo bien proporcionado.

Belinda pensó, 'Me gustas Des Martin, confiado, sofisticado, guapo, ¿pero por qué el pobre desempeño en las ventas?' Ella suspiró y se recostó en su silla empujando sus senos hacia delante. 'Así que Des ¿estás preparado para hoy? ¿Estás listo para exponerte a ti, a tu equipo y a tu base de clientes a tu nueva ama y señora?'

'Belinda,' dijo Des, 'Si soy honesto esta será la primera vez que alguien en esta compañía ha tomado un interés en nosotros como vendedores en vez de pasarnos por alto con acuerdos corporativos hechos desde arriba sobre una botella de whisky.'

Belinda se quedó en shock, 'Dime que estás bromeando... ¿Es esa la historia real de la cual me voy a enterar hoy?"

'Ponlo de esta manera,' dijo Des, '¡no puedes decir que no te advertí!' Él también pensó que par de tetas magníficas, ¿cuánto me tomará para tenerlas en mis manos y vale la pena mi trabajo?

Un segundo toque en la puerta de su oficina vio a su Gerente de Ventas Regionales del Oeste, Dave Wilcox, entrar su cabeza. 'Espero no estar tarde, ¡pero el tráfico en la M4 estaba desesperante!'

'Entra Dave, ¡Soy Belinda y mucho gusto en conocerte!'

Minutos luego Jim Thompson llamó y le dijo a Belinda que los otros dos Gerentes de Ventas Regionales estarían en el estacionamiento en tres minutos. 'Gracias Jim, sube al cuarto de conferencias lo más pronto posible y comenzaremos a las 10.00am.'

El cuarto de conferencias era lujoso, a Tony le gustaba impresionar a los clientes que visitaban la oficina y una de las mejores maneras eran los espacios para reunirse decentes. Jim rápido introdujo a Patrick O'Hamlin, el Gerente de Ventas Regional de Escocia e Irlanda y Ken Dewsbury gerente de Ventas Regional para el Centro y Norte de Inglaterra. Ambos eran como tiza y queso… Patrick era un irlandés que hablaba rápidamente, originalmente nacido en Dublin, mientras Ken era del propio país de Dios, South Yorkshire, y lucía un acento del mismo.

'Dios mío,' pensó Belinda, 'Que equipo tan variado, seguramente podemos hacer algo con esto.'

Belinda dio por terminada la reunión al medio día. Patrick y Dave habían dado una presentación de una hora cada uno, aunque Belinda pudo haber hecho suficientes preguntas como para extender sus presentaciones a tres horas cada uno. Sin embargo ella sabía que necesitaba una visión general, y el detalle podría venir luego con el tiempo que iba a pasar con cada gerente individualmente en las afueras. El almuerzo fue una ligera pinta y un sándwich en la taberna local… El Toro en los Juncos, y como el tiempo era esencial ella sintió que sólo podía trabajar un poco de su magia femenina.

En el baño de damas, Belinda se quitó su chaqueta, blusa y sostén, corrió el agua fría y frotó agua en sus pezones, haciendo que se pararan en atención. 'Esto será suficiente por ahora ella pensó mientras metía su sostén en su cartera de cuero. Ella se puso su blusa dejando tres de los cinco botones desabotonados. Ahora ella mostraba su escote abiertamente y casualmente tiró su chaqueta sobre su hombro. La blusa de seda se tornó transparente rápidamente gracias al agua y se aferró nostálgicamente a sus senos maravillosos.

Ella regresó al área de bebidas y observó el efecto que tuvo en su nuevo equipo de ventas. Sólo dos de sus Gerentes observaron inmediatamente su cambio sutil de vestimenta, y Belinda pronto notó algunos codazos astutos entre el equipo, acompañado de unas sonrisas torcidas de los Norteños. Jim se rio entre dientes para si mismo ya que trabajaba en las oficinas y había escuchado los rumores promulgados por Bella y Giselle. Ahora podía creerlos.

La sesión por la tarde fue igual de profesional y Belinda estaba particularmente impresionada con Ken Dewsbury, el hombre mostró astucia, estilo y competencia en ese orden. Des Martin sin embargo era un verdadero profesional, su porte londinense y talentos de venta le indicaban a Belinda que probablemente él era la primera fuente para averigua cómo los miembros del equipo de ventas regionales funcionaban individualmente.

Ya para el final de la reunión la blusa de Belinda estaba seca, pero su falta de sostén y sus pezones endurecidos raspando continuamente contra su blusa apretada estaban siendo notados. Bien ella pensó, vamos a ver quién tiene las agallas de hacer el primer movimiento. En sus comentarios finales que se trataban del lado de negocios, Belinda sugirió que todos se retiraran al Hotel Pentra que estaba al lado del aeropuerto de Heathrow. Eso significaba que los dos gerentes que estaban en vuelos nocturnos para Leeds y Glasgow podían llegar fácilmente y el resto de ellos podían manejar a sus casas luego del tráfico de la hora pico.

Belinda decidió también incluir un par de comodines así que le preguntó a Giselle y a Bella si podían unirse al grupo de camino a sus casas para unas cuantas bebidas. Ambas se vieron altamente dispuestas cuando se enteraron de que Belinda iba a pagarlo todo. Jim Thompson condujo a las tres chicas al Pentra en donde se encontraron con los Gerentes de Ventas Regionales en "La barra larga" que miraba hacia la pista del aeropuerto. Eran las seis en punto ahora y la barra se comenzó a llenar. Jim encontró asientos en una mesa escondida en una esquina del cuarto.

Belinda comenzó el procedimiento quitándose su chaqueta y bajándose su G&T en un sorbo. Bella le siguió y Giselle "accidentalmente" derramó un poco de su bebida sobre su blusa, lo que significaba que tenía que ir al baño a secarse. De hecho, lo único que se quitó fue su sostén y como Belinda hace poco tiempo atrás, ella estaba preparada para un poco de acción con su blusa transparente y pezones para morirse. Jim estaba atento y cuando Giselle había regresado él ya tenía dos reemplazos de G&T en la mesa. Bella ya se había percatado de las "movidas" de esta sesión de tragos y decidió poner su grano de arena para mejorar el equipo. Como ella no tenía sostén puesto ese día ella pícaramente desabotonó los primeros tres botones de su blusa y removió su chaqueta lentamente.

Su escote fue revelado y un suspiro callado de admiración corrió por la mesa. Giselle le tiró un poco de agua tónica a los pezones de Bella y prontamente tuvo el resultado que esperaba. 'Quítatela Bella.' Des Martin susurró... 'la tónica va a manchar tu blusa... ¡mira la de Belinda y la de Giselle como están!'

Bella sonrió y pensó, 'Seré yo la primera? Seguramente Belinda no puede ya que todos ellos se reportan con ella. Entonces en un movimiento rápido Bella desabotonó el resto de su blusa y dejo que sus magníficos senos colgaran para todos ver.

Ken Dewsbury se ahogó con su pinta mientras los otros tres Gerentes Regionales cantaban calladamente, '¡Quién sigue! ¡Quién sigue!' Belinda miró a Giselle quien asintió con la cabeza y sin prisa con un gran toque de provocación desabotonó el resto de su blusa. Sus tetas colgaban libremente como granadas y ella las masajeó gentilmente con sus manos. '¡Dale Belinda!' susurró Ken, '¡No decepciones a tu equipo de ventas ahora!'

Belinda sonrió, y contestó, '¡Voy a querer un aumento de 10% en tus ventas el mes que viene Ken!'

'¡Trato hecho!' él contestó.

Belinda lentamente abrió los últimos dos botones de su blusa, y sus tetas cayeron libres, tomó un trago y comenzó a masajear sus pezones con la punta de sus dedos. Los GVR aplaudieron en admiración. Nunca habían tenido una reunión de ventas que terminara como esta, las cosas se veían bien, y con tres pares de senos maravillosos al aire libre, podían hacerlo todo.

Jim Thompson fue a comprar más bebidas y las chicas comenzaron a tocar y discutir los méritos de los pezones de cada una.

'No nos pongan más celosos chicas.' dijo Patrick O'Hamlin, '¡pero tengo un avión que tomar!'

'¡Yo también!' dijo Ken Dewsbury. Ambos se levantaron, estrecharon la mano de todos y salieron con muchas miradas hacia atrás viendo la alineación de tetas disponibles en la mesa. Cuanto ellos deseaban tener las agallas de poner sus dedos en esos senos.

La barra ahora estaba más llena y Belinda pensó que era sensible abotonar sus blusas, ya que no querían ser acusadas de ser prostitutas. Des Martin y Dave Wilcox bebieron, dijeron unos adioses tristes y desparecieron fuera de la barra.

'¡Gracias Donna y Giselle realmente me ayudaron a sacar el pecho!' dijo Belinda riéndose. 'Un trago más y Jim nos regresa a la oficina.' Jim regresó a la barra ordenó las bebidas y pagó la cuenta. Las chicas bebieron lentamente, reviviendo las caras de cada uno de los Gerentes Regionales cuando les enseñaron sus senos.

'Eso estuvo interesante Belinda,' dijo Donna, '¿Habrá otros eventos como esos para nosotras?'

'Eso veremos,' contestó Belinda, '¡Eso veremos!'

El sábado por la mañana llegó rápidamente y estaba brillante y ventoso, pero seco, ideal para un juego de tenis y luego un poco de compras y una hojeada a las tiendas de cocina de Oxford Street de Londres. Belinda pensó que era importante no sólo conocer su propio producto sino los de la oposición también. Esa noche ella había planificado hacer una búsqueda en el internet para encontrar la lista de invitados para la función de mañana en la que no podría tener un sostén o tanga puesta... definitivamente un pedido extraño.

El domingo por la mañana estaba cálido así que Belinda bajó el techo de su convertible y manejó hacia Windsor. Siguiendo instrucciones ella hizo el registro en el Caballo y Jinete y removió sus prendas internas. Vestida solamente en ropa de tenis manejó hacia la casa del Presidente de la compañía. Ella se estacionó al lado de Tony y saltó a la silla del pasajero de él.

'Buenos días Tony.' Su falda de tenis había subido mostrando la parte superior de sus muslos. Tony la subió más y estudió su chocha. Él entonces le subió la camisa e inspeccionó sus tetas.

'Hola Belinda, bueno ver que estás lista, así que vamos a repasar la lista de invitados y discutamos nuestros objetivos con su potencial. Luego que hagamos esto comeremos un almuerzo y tomaremos nuestras posiciones.

'¿Puedo reajustar mi ropa Tony?' Belinda blinked. '¿O me quieres desfilar así en el almuerzo?'

Cuarenta minutos más tarde luego de comer algo y dos gin tónicos fuertes, Tony la llevó a un laberinto de jardín mediano localizado en la parte trasera de la propiedad. Entraron la melaza alta y Tony la llevó sin pausa. Belinda estaba contenta ya que alguien sabía navegar esta miríada de pasillos y aperturas. Luego de tres minutos entraron en un claro que era obviamente el punto central del laberinto. Él empujó a Belinda contra un enrejado de madera débil, le dio un pequeño beso y amarró los brazos de ella al enrejado con unas esposas plásticas rojas amarradas a un cordel. Belinda ahora estaba muy intrigada y un poco excitada por lo que iba a pasar y rio fuertemente, 'Tony, ¿cómo sabías que mi color de esposas favorito era rojo? En serio, no había visto un par de estas desde mis días en kínder!'

Tony sonreía mientras se retiraba de Belinda.

'Tony... ¿qué está pasando?' dijo Belinda tratando seriamente de controlar su diversión.

'Confía en mí Belinda, trata a tus clientes bien y veamos como entran los negocios. Regresaré y te "liberaré" en menos de dos horas. ¡Maten la cabeza en alto y deja que tus tetas y clítoris hablen por ti!' Con estas palabras eróticas sonando en los oídos de ella, Tony salió caminando.

La grama se sentía mojada y Belinda podía escuchar una regadera cerca que seguía mojándole los tobillos, el área de grama mojada pronto se convertiría en un parcho de lodo ella pensó... asqueroso. Ella odiaba el lodo en el mejor de momentos, pero amarrada a esta verja de jardín significaba que ella no podía moverse... mucho, pronto se volvería lodoso bien rápido.

Sus pensamientos fueron interrumpidos por el sonido de un silbido alegre que salía del laberinto.

Ahh, aquí está mi primer cliente ella pensó.

Alfonse Stirbacker de Bélgica entró al claro y estudió la posición de Belinda con un interés obvio. Gracias al resumen de Tony y a la búsqueda por internet, Belinda lo reconoció a él y a su potencial inmediatamente... sobre 300 supermercados a través de Bélgica, el Norte de Francia, y el Sur de Holanda y pronto empujarían hacia el Reino Unido.

'Un buen comienzo.' ella pensó.

Alfonse Stirbacker;

'Buenas tardes jovencita, ¿y a quién tengo el placer de conocer, aunque sea en esta extraña situación?'

'Hola Sr Stirbacker, mi nombre es Belinda Blumenthal y soy la Directora de Ventas de Steele Ollas y Sartenes. Ella siempre sentía que tenía que disculparse por el terrible nombre de la compañía, pero ella también sabía que era tan malo que pocas personas lo olvidaban.

Stirbacker contestó, 'Excelente, te ves como mi tipo de chica... ¡joven, oscura y misteriosa! Como ya sabes mi nombre también sabrás que soy el director de compras de mi compañía. Vamos a conocernos, sólo tenemos 20 minutos de contacto, y yo pretendo hacer uso completo del tiempo.

Alfonse inmediatamente comenzó a trabajar quitándose su única prenda de una tanga negra y quitándole los zapatos y medias a Belinda. Completamente desnudo él empujó hacia arriba la camisa blanca de ella parcialmente destapando sus senos. Él entonces haló hacia abajo la falda de tenis de ella hasta sus rodillas y se retiró. Que extraño Belinda pensó... él es sólo un voyerista... él no quiere ningún contacto cercano. ¿Tal vez está felizmente casado?

Alfonse entonces le dijo a Belinda, '¿Me visitarías en mis oficinas en Bruselas y me dejarías ver tu cuerpo otra vez? Tal vez podría ver un poco más, y posiblemente en un ambiente menos asqueroso. Belinda inmediatamente entendió, Alfonse necesitaba orden y comodidades hogareñas para progresar sus deseos masculinos, aunque su verga se había puesto rápidamente erecta. Ella contestó, 'Absolutamente Sr Stirbacker me alegra que cumplo sus expectativas, y realmente me gustaría hacer muchos negocios contigo'.

Stirbacker sonrió y dijo, 'Eso está asegurado mi amada Belinda, y él toqueteó sus tetas con gusto. Belinda gimió suavemente, una de las manos de él se deslizó bajando a la vagina de ella y la comenzó a sobar gentilmente. En cambio ella comenzó a acariciar su pene con ambas manos.

'Un caballero de Bruselas pensó Belinda ¡que buen comienzo de la tarde!' Luego de otros diez minutos de caricias extremadamente pesadas, Belinda se estaba poniendo muy húmeda, Alfonse había llegado a sus tetas grandemente con sus dientes y su verga muy grande había penetrado la vulva de ella. Él obviamente estaba disfrutando de las tetas y clítoris de ella como Tony lo había dicho acertadamente hace sólo quince minutos, y ella había tenido su primer avance con un gran cliente. Ella mentalmente escribió a lápiz visitar a Bruselas en diez días. No hay sentido en no darle al hierro mientras está caliente... ¡por decirlo así!

A lo lejos un silbido sonó y Alfonse se alejó... 'Es hora que me vaya Belinda, disfruté muchísimo tu falta de sostén y tanga... muy considerada de tu parte, pero que no se te olviden cuando me visites a Bruselas pronto. Vamos a cenar en un club de caballeros muy exclusivo y se espera que todas nuestras damas estén propiamente vestidas... ¡al menos cuando lleguen!

Belinda contestó, '¡No se preocupe Sr Stirbacker me pondré en contacto muy pronto!

Capítulo 6;

El segundo cliente;

Jim Stirling.

Unos minutos luego de que Alfonso se fue Belinda escuchó a su segundo visitante pisando fuertemente por el laberinto. Él apareció unos segundos luego, otra vez sólo vestido con una tanga negra. Se estaba volviendo como un tipo de uniforme ella pensó. De la lista de invitados Belinda reconoció a Jim Stirling, un Yankee de USA. Su operación tenía 1257 tiendas y también estaba creciendo rápido en México y Brasil. Era un hombre grande pero bajo en estatura, y al ver la situación de Belinda rápidamente tiró su tanga un poco manchada al piso.

Belinda Blinked;

Por primera vez en ese día algo la tomó desprevenida... no había nada ahí, pero luego lo vio, bajo el vello púbico que lo cubría yacía un muy pequeño y como Belinda lo pondría, patético pene. Belinda suspiró, ¿qué se supone que ella hiciera con esto?

'Hola, mi nombre es Stirling, de USA. ¡Vamos a sacar estas prendas del camino!

Con un movimiento poderoso le arrancó la camisa de tenis de Belinda de su cuerpo, y unos segundos luego había hecho lo mismo con su falda. Él las tiró al piso donde se arruinaron por el lodo.

'¡Espero no le moleste Señorita ya que me gustan completamente desnudas!' Jim no titubeó e inmediatamente tomó sus tetas en sus manos masivas. Sus pulgares grandes sobaron los pezones de ella tentativamente, haciendo que se pararan y endurecieran. Esta reacción rápida de Belinda al parecer le placía a él y comenzó a empujar su pito en la vagina de ella.

Belinda se puso en cuclillas ligeramente ya que Jim era más bajo en estatura que ella, abriendo sus piernas para permitirle mejor acceso. Jim gruñó y Belinda pensó que sintió algo entrar su chocha. Él comenzó a follarla fuertemente, Belinda respiró profundo, ¿este hombre sabía que meramente le hacía cosquillas a ella? , Esto iba a tomar toda la concentración de ella, Stirling tenía una cuenta masiva y si ella hacía bien hoy, quién sabe lo que se podría desarrollar de esto. Él comenzó presionarla duro y más duro contra el enrejado, él había encontrado su ritmo pero Belinda no podía sentir nada y aunque ella tenía el apetito ella sabía que tendría que fingir y Belinda nunca fingía. Para hacer las cosas peor el suelo estaba ahora pantanoso y sus prendas arrancadas estaban manchadas.

Belinda pensó en escenarios sexuales deliciosos y logró que su vagina se volviera más y más mojada. Ella comenzó a contraer sus músculos cervicales lentamente para asegurarse de que Jim tuviera la fricción necesaria para su eyaculación. Después de diez minutos de trabajo duro él se vino y comenzó a lamerle las tetas. Él obviamente le tenía poco respeto hacia las mujeres ya que le empujó hacia abajo la cabeza hasta su verga asegurando que el pelo largo y negro de Belinda casi callera en el suelo lodoso, sus amplios senos le siguieron y Stirling empujó su pene en la boca de ella. Belinda sonrió para si misma, ella pudo haberse comido dos de estos para el desayuno, olvídate de los revoltillos.

Justo en ese momento ella escuchó el silbido y supo que había hecho lo mejor que podía. Stirling le soltó las tetas de mala gana y se puso su tanga nuevamente... ahora estaba más manchada que cuando había entrado al laberinto y Belinda se preguntaba de dónde había venido todo ese semen. ¿Tal vez ella había subestimado sus recursos?

'Oye bebé, ¿cuál es tu nombre?' dijo Stirling.

'Belinda Blumenthal, soy la Directora de Ventas de Steele Ollas y Sartenes.'

'Buen trabajo Belinda, ven a verme a Texas en un par de semanas... ¡necesito un nuevo suplidor de utensilios para cocinar y supongo que tu encajas!

'Jim, me encantaría... ¿digamos en tres semanas?

'¡Si... hagámoslo, y prometo sustituir tus prendas manchadas con algo un poco más sexy!'

Con eso él se fue dejando a Belinda completamente desnuda, muy lodosa y aun atada al enrejado en el laberinto. Ella masajeó sus muñecas en donde las esposas de plástico rojas la habían mantenido amarrada y pensó en el dinero de bono que haría personalmente si amarraba ese trato con Jim Stirling. Ella también pensó que debería tomar lecciones de yoga, o algún otro ejercicio para desarrollar sus músculos cervicales. Si Jim no podía cumplir con su trabajo entonces ella se tenía que asegurar que él estuviese completamente satisfecho... ¡las cosas que tenía que hacer para ganar su fortuna!

Pero espera, ella podía oír a otro cliente acercándose por el laberinto. 'Oh no,' ella pensó, 'Espero que este sea un poco más grande, no puedo soportar otro apéndice pequeño.' Pero no le quedaba de otra... ¡las esposas y la cuerda se lo aseguraban!

Capítulo 7;

El Tercer Cliente;

Peter Rouse.

Belinda se mantuvo en sitio con la esperanza de que éste fuera mucho mejor, ella había tenido suficiente cosquilleo, ella quería, no necesitaba una buena cogida. Un hombre alto y rubio, con un físico impresionante entró caminando. Belinda rápidamente reconoció a Peter Rouse, su operación estaba localizada en Holanda con 357 tiendas, y nuevamente estaba creciendo fuertemente en los países escandinavos. Un empresario evasivo, Peter no podía pasarse por desapercibido ya que había expandido recientemente a España y Portugal. Al ver a Belinda se quitó su tanga y la tiró al suelo mientras se acercaba a ella.

'Mi nombre es Peter,' dijo haciendo una reverencia, '¡Me parece que eres Belinda, la Directora de Ventas de esta fantástica fiesta para clientes que tus superiores han puesto hoy!'

'Pues sí lo soy Sr. Rouse.' dijo Belinda, enrojeciéndose por su desnuda apariencia frente a este, por ahora, deliciosamente dotado hombre. Después de todo, él fue el primero en saber quién era ella.

'Por favor, por favor llámame Peter,' él contestó, 'especialmente cuando vamos a conocernos mejor íntimamente en los próximos 25 minutos.' Él le tomó las manos a Belinda y dijo, 'Que cuerpo tan delicioso tienes, ¿puedo manejarlo?'

Belinda contestó, 'Claro por supuesto... Me encantaría sentirte tocándome, siéntete tan libre como desees.'

'Esa es una oferta que no puedo rechazar,' Peter contestó e inmediatamente comenzó a masajearle el cuello a ella, lentamente bajando a sus senos y nalgas. Belinda inmediatamente comenzó a relajarse y respondió masajeando gentilmente el pene de Peter.

Él tenía un cuerpo fantástico y sus músculos estaban bien entonados, Belinda comenzó a sobar su cuerpo y él movió su masaje al área vaginal de ella. Él sobó la pequeña pasarela de vello púbico negro que dirigía a sus labios vaginales, y prontamente estaba dentro de ella con sus dedos. Belinda raramente había sentido algo tan delicado como esto y prontamente comenzó a gemir suavemente. Ella aun tenía el sentido de presencia para masajear su ahora extremadamente duro y grande pene. Ella sabía que se iba a disfrutar a este hombre.

Luego de unos momentos Peter empujó a Belinda para que se arrodillara, en el lodo suave y gentilmente guio la cabeza de ella a su pene. Belinda abrió su boca y lentamente empujó sus labios sobre su prepucio, halándolo hacia atrás antes de ahogarse un poco mientras ella se tragaba la verga entera en su garganta. 'Eres muy hábil Belinda, ¿me dejarías enseñarte más técnicas?'

'Si Peter amo aprender cosas nuevas.'

Él entonces la levantó del suelo y lentamente penetró su vagina con su verga pulsante. Belinda gimió suavemente... su penetración era tan fluida que ella se sintió en éxtasis. Él comenzó a moverse dentro de ella, ella respondió contrayendo y relajando sus músculos vaginales al compás de sus penetraciones. Estaban ahora completamente enredados, Belinda nunca había sentido algo como esto antes, ella estaba flotando en el aire y Peter estaba penetrando más y más profundo. Belinda comenzó a jadear es pequeños espasmos, ella necesitaba más y más oxígeno para alimentar el orgasmo gigantesco que se iba a encontrar. Por primera vez en su vida ella no estaba en control, pero ella se lo estaba disfrutando hasta la muerte.

Peter comenzó a sudar profusamente, Belinda comenzó a sobar su piel más vigorosamente y él se acercó a su clímax. Por supuesto Belinda ahora estaba salvaje con delirio, estaba completamente fuera de su cabeza, todas sus acciones eran mecánicas, Peter seguía empujando, Belinda seguía contrayendo sus músculos vaginales, hasta que ambos se vinieron en una explosión violenta de éxtasis juntos. Peter salió de ella, Belinda colapsó a sus rodillas en el lodo... las esposas de plástico salvándola de sumergirse completamente. Ahora en sus rodillas ella estaba salpicada por todos lados con el horrible lodo, y no había nada que pudiera hacer al respecto... excepto persistir en el orgasmo fantástico que ella acababa de experimentar.

Pero la verga de Peter seguía erecta y Belinda estaba tan impresionada con sus habilidades, ella sabía que podía aprender mucho más de él. Así que ella gateó de regreso a él y puso su boca sobre su pene y continuó follándolo con sus labios, dientes, lengua y garganta... secretamente ella sabía que estaba preparada para convertirse en su esclava sexual si él quisiera. Ella gritaría por más hasta que él accediera ella pensó.

Pero Peter Rouse no era un individuo normal y él sabía cuando una chica estaba bajo su hechizo sexual como Belinda lo estaba ahora, así que él la dejó follar su pene con su boca y comenzó a usar el lodo para marcar las tetas, culo, boca, y orejas de Belinda con signos simbólicos. Ella aun estaba arrodillada en el suelo así que él tomó la oportunidad para escribir más símbolos en su espalda los cuales la atarían a él sexualmente por el próximo año.

Su polla entonces comenzó a eyacular semen lo cual él atrapó con sus manos rápidamente. Él entonces cubrió el pelo de ella con el mismo, retorciéndolo en un moño, el pelo largo y negro de Belinda mezclado con esperma translúcida... el símbolo sexual más poderoso que él conocía. Belinda, aunque no lo sabía, estaba ahora totalmente atrapada, aunque la verdad era que eso es lo que Belinda hubiera querido.

El silbido los devolvió a ambos al presente, Peter se puso su tanga apresuradamente mientras Belinda trataba de deshacerse un poco del lodo que la cubría. Belinda jadeó, 'Cuándo te puedo ver nuevamente Peter.... Por favor.' ella dijo desesperadamente. 'Calla mi hermosa Belinda, yo te veré esta noche a las 11.30pm en la barra del Caballo y Jinete, donde sé que tienes un cuarto que podemos usar.' Belinda sonrió sus gracias a él y dijo, 'Va a estar tan rico... Te lo prometo... pregunta todo lo que quieras... de alguna manera me siento esclavizada a ti.'

'Lo estás Belinda, como yo lo estoy a ti.' contestó Peter. '¡Hasta esta noche!'

Belinda ahora estaba agotada y regocijada, ella había sido follada por tres hombres… bueno seamos honestos… dos y medio, en las últimas dos horas y había estado fascinada por uno de ellos. Ella también tenía un sexto sentido que ella nunca iba a poder optar salir de la relación especial que Peter Rouse y ella habían desarrollado en su corto encuentro. Con todo y eso ella estaba completamente dispuesta, Peter era exitoso, de carácter dominante… y pensándolo bien, ella también lo era.

Ahora relajada en contra del enrejado ella haló del hilo que la sostenía y calló al suelo lodoso. Lentamente ella torció las esposas plásticas, se cayeron en pedazos y ella se dobló a recoger su traje de tenis. Estaba realmente sucio, pero por cuestión de decencia ella se puso lo que quedaba de la camisa y la falda. Ella sabía que Tony estaría ahí en cualquier minuto para regresarla al área del BBQ y luego ella podía volver a su baño encantador en su cuarto en el Caballo y Jinete. Prontamente ella escuchó pasos que venían del laberinto y afortunadamente era Tony, él traía una sonrisa grande en su rostro.

'Eres una estrella Belinda, esos tres tipos que acabas de entretener quedaron encantados contigo… y las otras chicas lo han hecho bien también.'

'¿A qué te refieres con las otras chicas?'

'¿No lo sabías? Giselle y Bella están aquí también, no eres solamente tú… ¡es tu Equipo Glee también!'

'¡Tony! ¡A qué te refieres con "Equipo Glee" somos sólo unas chicas buscando pasarla bien y necesito un baño!'

Tony la miró y decidió no hacer comentarios de la condición de ella… él nunca había visto tanto lodo pegarse a una persona ¿y qué eran esas marcas simbólicas en su cara y muslos?

Ellos pronto llegaron al área del BBQ que había sido transformado en un anfiteatro al estilo Romano con sobre 40 personas sentadas al rededor en sillas. Ellos eran mayormente clientes con sus esposas que hasta ese punto no tenían ningún conocimiento de las aventuras sexuales que algunos de ellos habían tenido. Belinda se sentó en una silla que Tony había encontrado para ella. Ella miró a sus alrededores y trató de localizar a Giselle y Bella.

Belinda se sorprendió cuando ella reconoció a Giselle, su hermoso pelo rubio había sido, en otras palabras, remodelado, ¿¿¿tal vez por un maniaco con un gusto por lo dramático??? El traje de ella había visto tanto desgaste como el traje de tenis de Belinda y estaba siendo sujeto por algunos imperdibles. Giselle miró hacia arriba y vio a Belinda mirándola, ella sonrió y vio la condición igualmente asquerosa de Belinda con su ropa rota. Belinda pensó que tal vez se había salvado de algo peor, pero por qué Tony estaba tan feliz, Giselle era su chica y ella parecía estar en un estado. Belinda le dio a Giselle un pulgar al aire y trató de encontrar a Bella.

Ella pronto la encontró y para ser honesto Bella no se veía mucho mejor que Giselle, aunque su pelo estaba intacto, su vestido tenía media docena de imperdibles. Sin embargo la cara de Bella estaba cubierta de lápiz labial rojo como si otro maniaco hubiese tratado de aplicarlo. Ellos definitivamente lograron que se viera como una torta. Belinda hizo contacto visual con Bella y le sonrió. Bella puso su pulgar al aire y le sonrió.

Belinda pensó, 'Esto es muy extraño, ¿qué va a pasar ahora?'

Unos minutos más tarde un chico alto se puso de pie y se dirigió al público.

'Bienvenidos a todos a nuestra Tómbola anual en donde los premios serán los mismos que en años anteriores. También quiero agradecer personalmente al Señor James Godwin por permitirnos tener esta oportunidad para recaudar unos fondos muy necesarios para nuestra caridad local, El Fideicomiso de Asnos y Burros. Ahora, por favor recuerden que su premio será una persona real que será su sirviente por un periodo de 12 horas. ¡El comprador más alto en esta audiencia para cada premio individual podrá llevárselos a su casa!' La audiencia aplaudió entusiasmadamente.

El hombre alto continuó, 'Sólo hay una regla, y esa es que debemos tener una palabra de seguridad, que cuando sea dicha significa que el dueño detendrá las direcciones dadas inmediatamente y el sirviente será liberado de su deber de 12 horas. ¡Lo malo de eso es, el sirviente tiene que igualar la donación pagada a nuestra caridad! ¡Todos ganamos! ¡Ok! Si, ahora recuerden chicas y potenciales dueños la palabra de seguridad es DEDAL, sí dedal... fácil de recordar, ¡¡te previene ser puyado!! ¡Ja ja!' La multitud gimió y comenzó a aplaudir.

Belinda Blinked;

Ella estaba intrigada, esto sonaba muy divertido. Ella rápidamente pensó, '¿A quién escogería como mi premio... Tony? ¿Bella?... no, al Señor James Godwin y mira como disfrutaría de esa escena.'

'Hoy tenemos a tres sirvientes en oferta y para ver quiénes son, y tomen nota que puede ser cualquiera de ustedes, quiero que miren debajo de sus sillas y que vean el número adjunto a las mismas.' El sonido de sillas raspando el suelo apresuradamente llenó el aire mientras la audiencia ahora callada miraban sus números. El de Belinda era 13, 'Desafortunado para algunos.' ella pensó.

'Ok,' el hombre alto gritó, 'volteemos la tómbola y veamos cuales son los tres números "afortunados."' La tómbola dio vueltas y vueltas, Belinda sintió un sentido de aventura poseer su persona, ella de alguna manera sentía que ella sería un premio, pero ella no sabía quién sería su dueño.

'El primer número es 22, repito 22, podría la persona sentada en la silla 22 ponerse de pie.' Belinda miró al rededor para ver quién era la persona afortunada. Era Giselle y mientras ella se ponía de pie uno de los imperdibles se calló revelando un seno derecho hermoso a la multitud. Un murmuro apreciativo vino de los hombres, quienes vieron a muchas de sus esposas dándole un codazo a sus costillas. ¿Tenían las agallas de apostar por ella luego de eso Belinda pensó?

'El segundo número es 37, repito 37.'

Bella se puso de pie, sus imperdibles se mantuvieron y Belinda comenzó a oler una rata.

'El tercer número es, desafortunado para algunos, 13, repito número 13.'

Belinda saltó a sus pies, lista, preguntándose para quién sería una sirvienta por las próximas doce horas. Su camisa rota se cayó en cantos revelando sus senos y su falda de tenis hondeaba con la brisa montañosa revelando sus vellos púbicos a la asamblea, pero no le importaba, ¡ella era Belinda y ella se iba a asegurar que un hombre grande se la llevara a su casa!

'Ahora,' dijo el hombre alto, 'Aquí es cuando recaudaremos el dinero mientras ustedes hacen sus ofertas por sus servicios, pero antes, ¿tengo el consentimiento de estas tres mujeres buenas a ser forzadas a estos roles importantes?'

Belinda pensó, 'Que carajos, esto podría ser divertido... es probablemente un poco de limpieza y cortar grama un domingo por la tarde.'

Ella gritó, '¡Sí esto dispuesta!' mientras cubría sus partes privadas con sus manos y brazos.

Las otras dos chicas le siguieron y felizmente aceptaron, el hombre alto les hizo una reverencia.

'Gracias por su noble asistencia, nuestra caridad El Fideicomiso de Asnos y Burros está a su merced.' él dijo.

Las ofertas comenzaron rápidamente con Bella prontamente yéndose por £350 al Americano Jim Stirling quien Belinda pensaba que necesitaba un trasplante de verga, y pronto. Giselle vino luego por £300 para Tony de todas las personas, definitivamente un caso de proteger lo suyo. Luego era el turno de Belinda. Las ofertas comenzaron lentas, y Belinda no podía creer que su cuerpo era tan malo... tal vez era todo el lodo... ¿dónde estaba su hombre fuerte? Finalmente ella se fue por £200 a una dama vestida en un traje pantalón de lino blanco y un sombrero de panamá llamada solamente la Duquesa.

Siendo Belinda vendida, la tómbola se terminó y las tres chicas fueron llevadas a comenzar sus doce horas de deber. La devastada Belinda fue inmediatamente dirigida a una manguera cerca de los establos en donde la Duquesa le quitó la falda y camisa de tenis rotas y la limpió. Rudamente ella acarició las tetas y el culo de Belinda en el proceso del lavado con una brocha larga y luego la empujó, aun desnuda, a un van de caballos. Con la parte trasera abierta era obvio que todo esto había sido planificado en avance, en vez de paja y estiércol había un sofá y bebidas, aunque frías, gin tónico enlatado.

La Duquesa rudamente empujó a Belinda al sofá y le ofreció una bebida. Belinda nerviosamente vertió la lata en su sedienta garganta, ella todavía se sentía excitada y no pensaba que su dueña nueva pudiera darle lo que ella todavía anhelaba después de los eventos de la tarde. Gran parte de la bebida no bajó por la garganta de Belinda y ella se aseguró que el líquido bajara por su cuello hasta sus senos y luego a su ombligo en donde se acumuló, se desbordó y corrió su vello púbico entrando en su vagina.

Para la sorpresa de Belinda la Duquesa murmuró, 'No se puede desperdiciar,' y prontamente lamió el gin en la tetas, estómago y clítoris de Belinda.

Belinda pensó "¡Resultados!" pero dijo nada y dejó que la Duquesa disfrutara sus sorbos con la esperanza que esto estableciera el tono por el resto de la noche. Ella pidió otro G&T y esta vez la Duquesa decidió verterlo en la garganta de Belinda ella misma. Era obvio que la Duquesa estaba disfrutando de esta relación, ya que ella tomó el seno izquierdo de Belinda con su mano libre, mientras echaba la bebida en su boca.

¿Has tenido suficiente sirvienta?' dijo la Duquesa, '¡ya que tenemos que movernos o el Señor James se unirá a nuestra pequeña fiesta!' La Duquesa le cerró la puerta trasera del van de caballos eficientemente a los trabajadores del establo disgustados, dejando a Belinda reclinada en el sofá y ayudándose a si misma a otro gin tónico. Estuvo bien que podía estirarse porque la Duquesa no era buena manejando un automóvil grande más el remolque. Belinda perdió cuenta de las esquinas cortadas y frenazos repentinos mientras manejaban por las calles del campo a un Motel exclusivo que tenían unos chalés privados en los predios. Belinda perversamente deseaba que la Duquesa fuese mejor follando que manejando... o que tuviera un compañero que pudiera hacer ambos.

Belinda sintió el van de caballo dando reversa siendo acompañado por el sonido de engranajes y luego el motor del cuatro por cuatro murió. Hubo silencio por al menos treinta minutos y Belinda comenzó a sentirse abandonada. Luego repentinamente la puerta trasera se abrió y la Duquesa subió la rampa. Ella estaba vestida completamente para montar a caballo, un chaleco rojo, pantalones blancos, botas negras, sombrero negro y un látigo de cuero con una etiqueta escarlata en el mango. Belinda Blinked... temiendo lo peor.

La Duquesa agarró el culo de Belinda y la haló para ponerla de pie. Ella entonces la empujó bajo la rampa y la haló por su teta para ir al edificio estilo chalé. La Duquesa caminó hacia la puerta al final del salón que daba a un cuarto grande y mojado. Ella puso a Belinda bajo la ducha y la prendió. Lentamente la Duquesa comenzó a quitarse su ropa de montar caballo al frente de Belinda. Al igual que Belinda La Duquesa era bien proporcionada, pero su culo estaba mostrando signos de sus 50 y pico años de edad, y el parir no había hecho nada bueno para sus músculos estomacales. Sin embargo ella todavía estaba en buena forma y la ropa de montar a caballo habían hecho lo mejor con sus atributos. Belinda no pudo evitar tener la esperanza de que ella no estuviese en peor forma cuando llegara a esa edad, ¡aunque en veinte años!

Ahora totalmente desnuda la Duquesa comenzó a lavar a Belinda y a sí misma con champú y aceites naturales olorosos. Belinda susurró su agradecimiento por este acto de buena fe, aunque las manos de la Duquesa estaban por toda su vagina, culo y senos. La Duquesa inmediatamente frunció el ceño y salió del área de la ducha para recoger su látigo que estaba cerca del lavamanos.

'¡Dirígete a mí como "Mi Señora" y nada más!" y para enfatizar esto ella chasqueó su látigo en la nalga del culo derecho de Belinda. El impacto del látigo hizo que Belinda brincara y dejó una marca roja en su piel. Belinda hizo una mueca y rápidamente contestó,

'Gracias Mi Señora.'

'Así está mejor sirviente.' dijo la Duquesa.

La Duquesa puso el látigo a un lado y continuó lavando a Belinda, nuevamente aplicando bastantes apretones de manos a sus tetas. Luego de cinco minutos de esto la Duquesa cambió sus tácticas y se concentró en su vagina y clítoris. Los pezones de Belinda comenzaron a responder, ella era después de todo, ese tipo de chica y no podía prevenirlo. Sin embargo, la Duquesa comenzó a sonreír y dijo,

'Eso está muy bien sirvienta.'

'Gracias Mi Señora.' contestó Belinda.

Con sus pezones ahora completamente extendidos y su vagina comenzando a mojarse, la Duquesa decidió secar a Belinda y moverla al dormitorio. Belinda fue ordenada a acostarse, a abrir sus piernas ampliamente y masturbarse así misma al frente de la Duquesa.

'Mi Señora, por favor fóllame como usted desee, yo sé que soy su sirvienta, así que por favor úseme para su placer.' dijo Belinda.

La Duquesa sonrió y dijo, 'Sí sirvienta, creo que lo dices enserio, y te pondré a la prueba pronto, ¡no te preocupes!'

La Duquesa salió del cuarto y Belinda la buscó con su mirada. Era un cuarto típico de motel, no había nada que le diera una pista de dónde estaba. Ella tendría que esperar a que la Duquesa quisiera tener sexo con ella y tal vez le diga dónde estaba. La Duquesa regresó con dos gin tónicos en sus manos. Ella los puso al lado y comenzó a masajearle las largas piernas a Belinda. Ella las estiró y rápidamente esposó sus tobillos a la cama con un par de esposas similares a las que Tony había usado con ella esa tarde en el Laberinto. Esta vez sus colores eran amarillo, Belinda se preguntó distraídamente en dónde todos las compraban… ¿Toys Ur Us?

La Duquesa comenzó a masajearle los brazos a Belinda, se sentía bien y ella esperaba a que fueran atados a la cama pero esto no pasó y Belinda pronto se enteró porqué. Ellas terminaron sus tragos, la Duquesa que todavía estaba desnuda también, comenzó a masajear el cuerpo de Belinda con su lengua. Los senos de la Duquesa se plegaron sobre el cuerpo de Belinda mientras ella la lamía de la cabeza hasta los pies. Belinda lo encontró extrañamente erótico, especialmente cuando los pezones de la Duquesa, ahora estando tan duro como tuercas raspaban su suave piel. Belinda respondió sobándole con su mano la vagina de la Duquesa y eventualmente tuvo el valor de masajear su clítoris.

Luego de unos momentos satisfactorios de acuerdo a los gemidos emanando de la Duquesa, ella se paró y salió del cuarto. Belinda comenzó a preguntarse qué había hecho mal, pero la Duquesa regresó con su látigo en mano. Belinda inmediatamente pensó que aquí era cuando esto se iba a volver asqueroso. Pero ser la sirvienta de la Duquesa no significaba necesariamente que ibas a ser azotada a un frenesí sexual. En vez de eso le mango del látigo se convertiría en un pene sustituto. La Duquesa le sonrió a Belinda y dijo '¿Estás lista para esto,, sirvienta?'

Belinda asintió con su cabeza lentamente sin poder creerlo, ella había leído sobre este tipo de fantasía sexual, pero jamás lo había vivido. ¡Que clase de trabajo de ventas éste estaba resultando ser! La Duquesa no perdió más tiempo y empujó el mango del látigo en la vagina de Belinda. Belinda saltó ya que no había tenido suficiente calentamiento sexual previo para hacer que se mojara lo suficiente como para recibir un objeto de ese tamaño. Sin embargo ella sonrió y dijo,

'Gracias Mi Señora.' Ella también pensó pícaramente, 'Debo enviarle a Jim Stirling uno de estos.'

Belinda comenzó a frotar el mango del látigo de cuero, en experiencias sexuales reales el mango del látigo era más pequeño que muchas de las vergas que se había encontrado. La Duquesa lo mantuvo en posición y dejó que Belinda se disfrutara la experiencia mientras ella chupaba sus senos y se comía sus pezones. La Duquesa se volvió más vigorosa con el látigo de cuero y Belinda se puso más mojada, teniendo al menos tres orgasmos consecutivos. Luego de diez minutos el látigo se retrajo y la Duquesa lo lamió completo.

Satisfecha, ella entonces caminó hacía el guardarropa y sacó un pene en un strap-on hecho del cuero más fino. Ella se lo puso y entró en Belinda en un solo empujón. Esta vez Belinda sabía que le esperaba un martilleo real y tomó lo que se sintió como una eternidad de empujes intensos, era realmente el mejor folleo que ella había sentido desde el Holandés Peter Rouse. La Duquesa entonces liberó los tobillos de Belinda de sus grilletes plásticos y expertamente la volteó boca abajo. Ella comenzó a masajear la espalda y nalgas de Belinda.

Luego de un corto tiempo la Duquesa le dijo a Belinda, 'OK sirvienta es tu turno'. Belinda no podía creer lo que estaba oyendo y miró con cautela mientras la Duquesa removía las correas y le puso el pene a Belinda. La Duquesa se aseguró que todo estuviese apretado y en el lugar correcto y le dio una palmada al culo de Belinda como gesto de que podía comenzar.

Belinda caminó alrededor del cuarto con el pito monstruoso frente a ella. Ella casi no lo podía creer y felizmente se fue a trabajar en la Duquesa, primero de pie, dándole tan duro como ella lo había recibido todo el día. Luego de siete minutos de martillar la vagina y el cérvix de la Duquesa, Belinda le pidió que se arrodillara, aun recordando llamarla 'Mi Señora.'

'Ahora aparta tus tetas usando tus pezones Mi Señora'. Belinda entonces deslizó el pene de cuero de arriba a abajo entre los senos de la Duquesa asegurándose que hubiese mucha fricción tomando lugar. Luego de cinco minutos de esta técnica la piel de la Duquesa se volvió roja y pelada. 'Justicia verdadera por mantenerme en esas esposas plásticas.' pensó Belinda.

Para ser justo Belinda pensó que la pájara vieja no estaba haciéndolo tan malo, pero ella no mermó la presión. Ella siempre sintió que la aristocracia británica necesitaba dolor para hacer que cualquier experiencia sexual valiera la pena. Ella también sabía que si no le daba lo que su amante quería, ella terminaría nuevamente esposada a la cama. Belinda entró en su vagina y se tomó cinco minutos más con ella. La Duquesa gemía y agarraba sus piernas largas para abrirlas más ampliamente. 'Ok' Belinda pensó, 'es hora para un par de orgasmos volcánicos' y ella entró la vagina de su amante otra vez. El dildo penetró su cérvix mientras estimulaba su clítoris y la Duquesa llegó al primer orgasmo rápidamente.

Belinda mantuvo la estimulación y pronto la Duquesa había tenido cuatro orgasmos. Ella tartamudeó 'Gracias sirvienta, eso estuvo completamente fantástico.' Belinda salió de ella y miró el rostro de la Duquesa, se veía totalmente destrozada, su maquillaje se había arruinado y su pelo inmaculado estaba por todas partes. Belinda sostuvo sus tetas fuertemente y la haló para enderezarla. La Duquesa cayó nuevamente a la cama, 'Sin energía.' pensó Belinda. Luego para la sorpresa de Belinda su amante se durmió inmediatamente. Belinda obviamente la había agotado y repentinamente pensó ¿qué hago ahora? ¿Tenía la libertad de irse?

Belinda pensó por un tiempo y una idea entró a su cabeza. Ella tomó las esposas amarillas descartadas y las puso en los tobillos de la Duquesa. La Duquesa no se movió durante este procedimiento y ahora dormía muy profundamente.

'Perfecto.' pensó Belinda, 'ella se quedará así por lo menos por cuatro o cinco horas lo cual sería suficiente para mis doce horas del contrato de sirvienta'.

La segunda parte del plan de Belinda era simple. Como ella había llegado al chalé totalmente desnuda ella no tenía ropa y necesitaba algo para regresar al Caballo y Jinete para su cita por la noche con Peter Rouse. Calmadamente Belinda fue al cuarto mojado y tomó la ropa de montar caballo y las botas de la Duquesa. Le quedarían bien y ella no necesitaba traer ropa interior. Ella rápidamente se puso los pantalones y las botas de montar. Poniéndose de pie ella se miró en el espejo grande… 'Nada mal' ella pensó, 'Ciertamente se ven muy sexy' , las botas negras iban con su color, y los pantalones elásticos tomaron la forma de su culo perfecto extremadamente bien. Ella se puso la blusa blanca y se amarró la bufanda negra a su cuello. Finalmente ella se puso el chaleco rojo de montar, era ciertamente una belleza y debió haber costado una pequeña fortuna. Una última inspección en el espejo le dijo a Belinda lo que ella instintivamente sabía… se veía como un millón de dólares.

Ella verificó a la Duquesa roncando, tomó el sombrero de montar y el látigo, apagó las luces y salió del chalé. Tal como ella lo había esperado la Duquesa había dejado las llaves en auto. Belinda no tenía uso para el van de caballos así que lo desconectó y mentalmente agradeció a uno de sus polvos del pasado por haberle enseñado. Ella saltó al volante, encendió el motor, prendió las luces delanteras y se dirigió a la vía principal. Lo único que necesitaba era una dirección para el pueblo en donde ella se pudiese orientar, pudiera encontrar el Caballo y Jinete y pudiera mantener su cita con Peter.

Los letreros estuvieron en lo cierto y Belinda pronto encontró su camino al Caballo y Jinete. Ella manejó el auto grande a uno de los espacios del estacionamiento, apagó el motor y encontró su camino a la recepción. Eran ahora las 8pm y ella le preguntó al hombre jovencito en turno si la cena aun estaba siendo servida.

'Todavía quedan veinte minutos más para las órdenes señora, y quisiera añadir lo extremadamente atractiva que se ve esta noche'. Belinda sonrió y se preguntó si él había reconocido la ropa o si estaba buscando un poco de sexo luego en la noche, comoquiera, ella no quería decepcionar así que contestó,

Muchas gracias, que caballeroso de tu parte decirlo, ¡especialmente ya que voy a comer sola!' Él sonrió en respuesta y asintió lentamente con su cabeza como si confirmara que él iba a estar disponible esa noche.

Por favor apúntame para la cena, bajaré en diez minutos.'

Ciertamente Señora.'

Belinda pidió sus llaves y fue inmediatamente a su cuarto, ella rápidamente se acicaló y se miró en el espejo. Sí ella estuvo de acuerdo, me veo extremadamente atractiva de una manera muy crudamente sexy en esta ropa de montar.

Sin embargo no había tiempo para perder, ella estaba hambrienta, ella no había comido desde aquel almuerzo ligero de BBQ y ella necesitaba la fuerza para el resto de lo que sería una noche muy activa. Ella bajó al comedor, fue dirigida a su mesa e inmediatamente ordenó una botella de Chardonnay, de Chile por supuesto. Belinda se enorgullecía en saber sus vinos, su padre después de todo era un gerente de ventas para una de las bodegas de vino más grandes en el centro de Londres y él había pasado muchas noches entrenándola en una de las mejores técnicas para hacer que los clientes compraran sin remordimiento. Bebiendo un buen vino... ¡y mucho de ello!

Belinda comió a su paso y por primera vez ese día ella sentía que no estaba bajo presión, aunque su ropa extraña no le servía bien y la hizo sentir calurosa. Ella no podía esperar para remover algunas prendas ella pensó pícaramente. Con su cena terminada Belinda tomó el resto de su vino a su cuarto en una cubeta de hielo en donde ella lo sorbió lentamente.

Eran ahora las 11.00pm y era tiempo de que Peter hiciera su aparición. Belinda bajó al lobby en donde ella ordenó otra botella de Chardonnay, la puso en la cubeta de hielo y esperó a Peter. A las 11.30pm en punto él entró por las puertas del lobby y vio a Belinda inmediatamente. Él abrió sus manos y la besó en la mejilla, ambos lados... nada inusual para un europeo sofisticado.

'¿Gustaría una bebida Sr. Rouse?

'Por favor sigue llamándome Peter, después de todo estamos muy familiarizados después de los eventos de esta tarde. ¿Te mencioné, tienes un cuerpo maravilloso mi querida, y mucho, mucho mejor sin el lodo?'

Ambos rieron y Peter dijo,

'Me encanta tu vestido actual Belinda... muy en tono con este hotel'.

Belinda se sonrojó gentilmente, ella no podía decirle cómo había conseguido la ropa, y realmente le encantaba tenerla puesta.

'¡Me gusta ponerme vestidos aventureros Peter y esperaba que este fuera de tu interés!'

'¡Excelente puntuación! ¿Así es como dicen en las competencias de caballos?'

Belinda contestó rápidamente,

'¡Soy más un tipo de persona que persigue zorros!'

'Ja ja ja... muy bien Belinda, me gusta tu estilo de humor... ahora vamos a beber un poco de ese vino delicioso.'

Belinda le sirvió una copa a Peter y se recostó en un sofá de cuero. Peter se sentó al lado de ella y gentilmente toqueteó su muslo izquierdo. Belinda decidió hablar de negocios rápidamente, antes de que perdiera su ventaja femenina tentativa.

'Peter, ¿podríamos posicionar algunos de nuestros rangos de ollas y sartenes en tus supermercados?'

'Absolutamente', contestó Peter, 'De hecho esta tarde ordenamos 3000 unidades de tus rangos de Oxy Brillo para comenzar, y mi equipo de venta está verificando otros productos tuyos que encajarían con nuestro rango de utensilios de cocina

'¡Wow!' Belinda suspiró y abrió sus piernas ampliamente.

Peter rápidamente tomó ventaja y movió su mano más arriba en su muslo. Belinda deshizo su bufanda y lentamente desabotonó cuatro botones de arriba de su camisa. Su escote delicioso estaba ahora a la vista. Peter rápidamente movió su otra mano para toquetear su seno izquierdo y frotó el pezón que se veía a través del lino blanco.

'No hay problema Belinda, después de todo los productos de tu compañía son de alta clase, aunque un poco caros y estoy seguro de que podremos sobrepasar ese pequeño problema entre nosotros.'

'¡Sí!' Belinda jadeó, sus sentidos trabajando tiempo extra entre Peter masajeando su muslo y seno. 'Tengo acceso a unos incentivos de mercadeo que van a ayudar.'

'Shhh, Belinda, sólo relájate,' dijo Peter, 'podemos discutir todo eso en mi oficina la semana que viene en Ámsterdam cuando vengas a visitarme.'

'¿Yo?' contestó Belinda, 'Ah sí por supuesto, ¡no puedo esperar!'

'Bueno hagámoslo jueves, ¿sí?'

'Sí, sí, ahí estaré.'

'Pero ahora,' dijo Peter, vamos a hacer un verdadero negocio'

Él lentamente desabotonó los botones que quedaban en la camisa de Belinda y dejó que sus senos llenos ovalados cayeran. En un movimiento fluido él metió la camisa en los pantalones de ella y comenzó a besarla. Belinda gruñó, ella nunca podía resistir el suave toque masculino de una boca en sus pezones, y Peter era exquisito en su sensualidad.

Sobre la cabeza de él en la esquina del lobby Belinda notó una luz roja parpadeante... era una cámara de seguridad, sin duda grabando lo que estaba ocurriendo. Su mente pensó sobre el hombre joven tras el escritorio cuando ella hizo su check-in... sí eso era, él estaba construyendo su perfil para su uso personal. Un pensamiento pícaro entro en su mente, ella le daría una sesión para grabar, y a Peter Rouse un muy buen tiempo en el descuento.

Belinda gruñó más alto,

'Peter, eso es tan rico, ¿te molestaría quitarme mi chaqueta y camisa?'

Peter ya se sentía cachondo y prontamente despojó a Belinda de sus prendas superiores. Él las dobló, y puso la bufanda ya descartada sobre ellas en una mesa. El lobby estaba tranquilo, un domingo en la noche cerca de las doce significaba que los clientes se habían retirado a sus camas, él sintió que tenía libre albedrío para hacer lo que necesitaba.

'Masajéame.' continuó Belinda 'Mis tetas necesitan un buen masaje.' Peter accedió y concentró sus manos en la parte superior del cuerpo de ella. Era un cuerpo firme con muchos músculos buenos y magníficos pezones duros como piedras, el pensó a sí mismo, ella va a necesitar estos pezones si ella va a hacer las ventas que ella quiere. Belinda gruñó más alto y vio el movimiento de la cámara y su luz roja parpadeante en la esquina de su mirada.

'Peter, desnúdame, necesito sentir tu mano en mi clítoris, manosea mi cérvix rudamente.' Nuevamente Peter accedió y gentilmente le bajó los pantalones hasta las botas de cuero negro de montar de Belinda.

'No,' Belinda susurró, 'todo… quítame las botas de montar.' Peter le quitó las manos de los pantalones y haló la bota izquierda primero y luego la bota derecha. Con ambas fuera exitosamente sólo le tomó un segundo quitarle los pantalones del cuerpo de Belinda.

Por fin él la tenía completamente desnuda acostada frente a él en el sofá de cuero en el lobby del hotel. Belinda lentamente abrió sus piernas enseñándole su seductiva vagina y todos los misterios que él estaba por descubrir nuevamente.

'Pásame mi copa de Chardonnay.' Belinda se lo bebió todo de un sorbo y calmadamente derramó las últimas gotas sobre su vagina. Ella frotó el líquido dorado en su suave y bronceada piel y le hizo señas a Peter para que la probara. Detrás de la cabeza de él Belinda observaba la cámara grabando el evento.

Peter Rouse no era un artista cualquiera en cuanto a la actividad sexual, pero nunca antes había estado tan completamente en trance por una mujer tan bella. Él no tenía duda alguna en su mente de que él había venido aquí a seducirla pero esta era diferente, ¿podría haber conocido a su igual en su mundo sexual simbólico? Él sacudió su cabeza, no había manera de que esta chica no fuera su igual, era mejor que todas las otras, él tenía que mantenerse en plan y tratar de ser dominante sobre ella. Pero no lo podía hacerlo en un lobby de hotel público, él necesitaba un cuarto privado lejos de personas curiosas y sin duda cámaras de seguridad ocultas.

Luego de cinco o seis minutos de masajear el clítoris de Belinda con su lengua él probo el primer orgasmo que Belinda tuvo esa noche. Era tan dulce, y agrio. Él no necesitaba nada más como afrodisiaco... excepto privacidad completa. Belinda ahora estaba gimiendo consistentemente y Peter, todavía con toda su ropa puesta, continuó masajeando su vagina y pezones. Cada una en su turno... y asegurándose nunca dejar la presión sexual que tenía decaer.

Por fin él tuvo suficiente,

'Belinda, te deseo, quiero todo tu cuerpo contra mi cuerpo y necesitamos retirarnos a tu cuarto.'

'Peter, pensé que nunca lo pedirías.' contestó Belinda guiñando un ojo a la cámara silenciosa.

Ambos se levantaron lentamente y se dieron cuenta que Belinda estaba completamente desnuda y Peter estaba completamente vestido.

'Debemos vernos completamente estúpidos.' Peter exclamó.

Belinda comenzó a reírse y dijo, 'Pásame la chaqueta de montar y las botas.' Ella se puso la chaqueta que le cubrían bien los senos y luego se puso ambas botas de cuero de montar que escondían nada excepto la parte baja de sus piernas y sus dedos.

'¡Que atrevida!' dijo Peter entre risas y recogió el vino sin terminar en su cubeta de hielo.

Caminando por el área de recepción, Peter le preguntó a Belinda si ella quería un gorro para dormir al igual que una botella de vino nueva. Ambos decidieron en brandy y el hombre jovencito detrás de la recepción les sirvió el líquido dorado en dos copas impecables. Él dijo que llevaría el vino al cuarto de Belinda tan pronto buscara más hielo. Peter ahora cargando ambas copas del líquido dorado siguió el culo mecedor de Belinda subiendo las escaleras principales hasta el cuarto de ella.

Una vez adentro, Belinda inmediatamente removió su chaleco rojo de montar y le pidió a Peter hacer los honores de quitarle las botas de montar.

'Ten un sorbo primero querida, está muy bueno para dejarlo para luego.' Belinda se sentó al borde de la cama y bebió de su brandy.

'Además, me gustaría cogerte con tus botas puestas… ¡son extremadamente sexuales a su manera sabes!'

Belinda murmuró 'Si tan solo conocieras sus orígenes.' y se acostó en la cama anticipando el deseo de Peter.

Sólo le tomó veinticinco segundos a Peter para quitarse la ropa y posicionarse al lado de Belinda en la cama, él le agarró su cérvix, su pene ya estaba bien excitado y Belinda sabía que sólo tomaría un poco de ánimo extra para hacerlo duro como piedra. Ella comenzó a masajear el pecho de él, concentrándose en sus pezones. Ella entonces sumergió su dedo índice derecho en su copa de brandy y lo frotó en la parte superior del cuerpo de él haciendo una delicada figura de un ocho sobre su estómago. Peter se relajó, se acostó boca arriba en la cama y dejó que la lengua de Belinda siguiera el patrón del brandy.

Su verga tembló y Belinda se posicionó sobre él. Lentamente, lentamente ella bajó en su duro pene y cuando ella sintió que había entrado completamente ella comenzó a moler su hueso púbico contra el de él. Peter comenzó a gruñir al compás de los movimientos de ella, su voz se tornó más intensa mientras Belinda incrementaba la fricción entre sus dos cuerpos. Dentro de un minuto el llegó al orgasmo y semen blanco comenzó a gotear fuera de la vagina de Belinda.

Belinda inmediatamente atrapó el líquido escapándose con su índice y nuevamente trazó el patrón del ocho en el abdomen de Peter. Él gruñó más profundamente y gritó como si en tormento,

'¡Más, más, más… Belinda!

'Sshhh, mi querido Peter, vas a recibir tanto como necesites, ¡confía en mí!'

Belinda continuó los movimientos sexuales profundos hasta que Peter tuvo otro orgasmo, esta vez muy profundamente. En cuestión de segundos él había perdido conciencia, profundamente dormido y Belinda removió su vagina sabiendo que había dado en el blanco.

Le tomó a Peter Rouse una hora completa para despertar y cuando lo hizo fue como si fuese veinte años más joven. Él se sintió tan energético, tan compuesto, tan satisfecho. Él miró alrededor del cuarto hasta que vio a la desnuda Belinda, sentada en una silla casual viéndolo despertar.

'Belinda, Belinda,' él tartamudeó, 'eso fue estupendo, me siento tan bien, tan vivo, ¿qué me hiciste?'

'Peter, acabamos de tener un buen sexo a la antigua... era lo que ambos queríamos, y cuando tienes lo que quieres, ¡te sientes genial!'

Peter asintió con la cabeza lentamente, como si dándose cuenta de que había olvidado algo importante, pero no podía recordar qué era.

'Ok, pero muchas, muchas gracias.'

'Peter, fue un placer y gracias por tus ordenes de negocio.'

'Belinda, no es nada, pero podrías excusarme, necesito regresar a mi esposa, ambos no esperábamos que estuviese afuera tanto tiempo.'

Belinda sonrió y dijo, 'Peter no hay problema, te veré el jueves en la tarde en tus oficinas en Ámsterdam.'

'Es una cita.' Él contestó, 'Estoy deseoso que llegue, pero tienes que salir y ver a Ámsterdam en la noche y te tendremos de regreso en Londres en un vuelo el viernes por la tarde.'

'Haré los arreglos y traeré ropa para salir en la noche.'

'No mucha, Belinda, no mucha.' dijo Peter mientras salía del cuarto.

Belinda se puso su chaqueta de montar, sus pantalones y botas de cuero, se sentó en la silla en la esquina y lentamente sorbió el resto de su brandy aún sin terminar. Bastante seguro cinco minutos después alguien tocó a su puerta.

'Servicio al cuarto, Señora.'

'Entra por favor.'

El hombre jovencito en la recepción entró al cuarto con un carrito en el que traía una cubeta de hielo con una botella llena de Chardonnay Chileno. Junto a ella yacían don rondas de lo que parecía sándwiches de pavo, uno de los bocadillos nocturnos preferidos de Belinda

'Mis sinceras disculpas por la tardanza, pero la máquina de hielo no estaba funcionando bien Señora.'

'Por supuesto joven, no hay porque disculparse, viniste en el momento apropiado, ¡y espero que no sea la primera vez que así sea!' Le tomó al rededor de treinta segundos al recepcionista para entender lo que Belinda quiso decir y él sonrío de oreja a oreja.

'Entiendo Señora, gracias.' Con eso él cerró la puerta, caminó hacia Belinda y la besó en los labios.

Belinda tomó su cabeza con su mano izquierda y le devolvió el beso con un vigor similar. Él pusc sus manos al rededor de la cintura de ella y haló su cuerpo junto a él. Ella podía sentir su verga palpitando con excitación mientras se acercaban uno al otro, pero ella se sentía un poco hambrienta luego de las horas que estuvo con Peter. Lentamente ella lo soltó y dijo,

'Sería triste desperdiciar tan buen vino y estos hermosos sándwiches... ¿comiste algo esta noche?'

'No.' él contestó, 'Tiendo a satisfacer mi apetito sexual primero y después como.'

'Bueno en ese caso creo que romperemos las reglas un poco esta noche, aquí y ahora.' Belinda extendió su mano y tomó un sándwich, al mismo tiempo ella desabotonó el único botón en su chaqueta de montar. Sus senos cayeron nuevamente y permanecieron libres mientras terminaba su sándwich. El hombre jovencito tomó uno también y les sirvió a ambos una copa de vino.

Él se sentó al borde de la cama anunció,

'¡No hay nada como la buena vida!' Belinda rió e hizo un brindis con su copa media vacía.

Un sándwich fue suficiente para Belinda y ella removió su chaleco de montar. Ella observó la respuesta instantánea en los pantalones del hombre jovencito y le pidió que se los quitara. Él obedeció, pero también se quitó su camisa, pantalones, calzado y medias. Ahora estando desnudo ante ella, ella le llamó para que se acercara. Belinda tomó su pene erecto y gentilmente frotó chardonnay frío en él. Para ser justo con el hombre jovencito él no flaqueó y Belinda puso su verga entre sus senos. Usando sus dos manos ella apretó ambos senos juntos y comenzó a masturbar su pene.

Sólo le tomó medio minuto para que él comenzara a gruñir. Sus manos jugaban con el pelo largo de ella subiéndolo al tope de su cabeza y dejándolo caer una y otra vez. Sin embargo para la sorpresa de Belinda él no eyaculó y ella supuso que tenía que trabajar un poco más fuerte para tener ese resultado.

'Te molestaría quitarme estas botas para montar... es para bajarme los pantalones.' Él asintió con la cabeza entendiendo inmediatamente y ayudó a removerlas de las piernas y pies de Belinda. Belinda había perdido la cuenta de cuántas veces se había puesto y quitado estas botas para montar en las pasadas diez horas, pero ella pensaba que se hacía un poco más fácil cada vez. Tal vez como su propio cuerpo ella pensó.

'¡Deslúmbrame!' ella le ordenó al hombre jovencito, y él inmediatamente le quitó los pantalones. Ahora desnuda él siguió la línea negra de vello púbico hasta su región vaginal. Él se arrodilló, le abrió las piernas ampliamente y gentilmente comenzó a trabajar su clítoris con su lengua. Belinda nuevamente esa noche gemía suavemente ante la invasión extranjera en su área púbica. Pero esta vez era distinto ella pensó, éste placer inesperado era para ella y para ella solamente... la manera perfecta de terminar un día de trabajo ocupado. Sin tratos de negocios, sin reputaciones que perder u ofender, sólo una simple sesión de coger.

Eran las seis y media en la mañana cuando Belinda se despertó de su profundo sueño. El recepcionista se había ido a las dos y media dándole unas cuatro horas de sueño necesarias. Había mucho que hacer y ciertamente no había tiempo para desayunar, aunque fuese servido por el recepcionista sexualmente satisfecho llamado Sam.

Esta vez Belinda se vistió en un traje más simple de una pieza, negro, que combinaba con su sostén de encaje y pantis. Su plan era muy simple. Ella regresaría al motel, liberaría a la Duquesa de las esposas amarillas en sus tobillos, la llevaría de vuelta a la casa del presidente de la compañía en donde podrá recoger su carro y llegar al trabajo a las nueve. La Duquesa podría entonces recoger el van del motel y continuar su vida sexual como quisiese… pero sin su participación. Belinda también devolvería la ropa de montar a regañadientes la cual le había servido extremadamente bien el domingo por toda la noche.

El tráfico era inexistente mientras salía del Caballo y el Jinete. Sam obviamente se había ido al turno en la cocina así que no se perdió tiempo en despedidas. La compañía pagó la cuenta de la estadía y comidas, así que su día comenzó de buenas. Ella rápidamente manejó por los hermosos campos de Oxfordshire hacia el motel en donde había dejado a la Duquesa amarrada a su cama. El van para caballos aún estaba en el estacionamiento donde lo había dejado y el cuarto del motel se veía callado.

Belinda saltó del vehículo grande y entró al cuarto. En el dormitorio ella encontró a la Duquesa donde la había dejado, aunque su maquillaje estaba hecho una mierda. Belinda apagó la lámpara junto a la cama y suave y gentilmente sacudió a la Duquesa para que despertara.

'Has regresado para liberarme.' fueron las primeras palabras que murmuró.

'Sí.' dijo Belinda tan suavemente, 'Pero debes entender que yo fui tu sirvienta sexual, y ahora tú eres la mía.'

La Duquesa comenzó a sollozar suavemente y contestó,

'Siempre supe que llegaría a esto, tengo que decirte, yo fui una jugadora reacia en este juego erótico, no me dejaron opción al final, y heme aquí ahora… una sirvienta sexual para ti, Señorita Belinda.'

Belinda blinked, fue todo este episodio un juego organizado por alguien más, hubo un planificador maestro detrás de todas las actividades de la tómbola y las ramificaciones que produjeron. Ciertamente no podía ser casualidad que ella, Bella y Giselle fueron las que hicieran sirvientas. Tal vez la Duquesa sabía más de lo que estaba diciendo, ella necesitaba proceder suavemente, ella necesitaba a la Duquesa a su lado.

'Si tú me puedes llamar Señorita Belinda entonces yo felizmente puedo llamarte 'Mi Señora'. ¿Es un buen comienzo para una relación equitativa entre nosotras?'

'Creo, sí lo sé… ¡oh cuánto quiero ser una sirvienta sexual para ti Señorita Belinda! Sólo quiero que me folles con mi hermoso dildo de cuero negro y que me respetes por lo que soy… ¡una sirvienta sexual feliz para ti!'

'Bueno está bien supongo, desde tu perspectiva, pero qué obtengo yo de esta relación.' contestó Belinda.

La Duquesa pensó por un momento.

'Sé que sexualmente soy un poco exagerada, en cuanto a mi edad, pero te aseguro que soy una amante fantástica, y en mi rol como tu sirvienta sexual yo haré lo que quieras. Estoy abierta al nuevo sexo erótico y te prometo nunca desobedecerte en el acto sexual. Beberé tus orgasmos, y me comeré tu vagina todo el día hasta que pidas que me detenga.'

Belinda interrumpió rápidamente y dijo,

'Entiendo tus intenciones, y es realmente lo que necesito de ti si deseas ser mi sirvienta sexual. Pero ciertamente una persona tan bien conectada al linaje Británico, me refiero a tú siendo una Duquesa y todo lo que eso significa, podría abrir puertas que ni podría soñar encontrarme.'

'Señorita Belinda, yo te adoro mucho, sí, podré introducirte a los más altos círculos sexuales en la tierra.'

Belinda se dobló y le quitó las esposas plásticas en los tobillos de la Duquesa. La Duquesa se levantó y estiró su cuerpo. Sus pezones se endurecieron al sentir la libertad y ahora eran tan grandes como las tuercas de tres pulgadas que mantuvieron en lugar el casco del fatídico Titanic. Belinda fue atraída fue atraída a ellos como un imán, necesitaba tocarlos, sobarlos y finalmente chuparlos. La Duquesa se mantuvo quieta mientras Belinda apaciguaba sus deseos.

Luego de dos minutos de sobar y chupar, la Duquesa cuidadosamente removió el traje negro de una pieza de trabajar de Belinda. Ella entonces lentamente le quitó su sostén negro de encaje y después de unos momentos sus pantis. Belinda se bajó de sus tacones altos y guió a la Duquesa de regreso a la cama.

'Mi Señora, siento que necesito cumplir tus más grandes deseos.'

'Sí, Señorita Belinda, por favor hazme lo que necesites, y luego si así lo desea por favor clávame con el dildo de cuero negro, duro, en mi vagina y no pares... si a usted le place, Señorita Belinda.'

'Mi Señora, eso sí me satisface y voy a satisfacer todas tus necesidades, pero necesito que me lleves a mi carro para ir al trabajo y terminar este fin de semana muy extraño.'

'Sí, acepto tus términos, por favor póngase el dildo y cógame suavemente... Señorita Belinda.'

Belinda caminó hacia el armario y sacó el dildo. Ella cuidadosamente se lo amarró asegurándose que estuviera ajustado al rededor de su culo. Las cintas de cuero y correas de cromo aguantaron el ajuste y el dildo estaba listo para la acción. La Duquesa sonrió y abrió sus piernas ampliamente mientras estaba recostada boca arriba en la cama y le permitió a Belinda entrar en ella lentamente. Belinda bajó la cabeza, su largo pelo negro callo sobre los senos de la Duquesa, ella encontró sus pezones aun extendidos y comenzó a masticarlos gentilmente mientras ella incrementaba la fricción en el clítoris de la Duquesa.

Un gemido bajo vino de la cama, lo cual fue incrementando en intensidad mientras las dos mujeres mantenían su ritmo; el dildo estaba tan apretado que Belinda sintió sus movimientos surgidos darle en el área púbica cada vez que ella penetraba más profundo a la Duquesa. Mientras la Duquesa había encontrado las tetas de Belinda y estaba masajeando sus pezones tan fuertemente como Belinda masticaba los suyos. La Duquesa repentinamente llegó al clímax, su orgasmo fue infeccioso en Belinda, y ella empujó el dildo más duro y entró en su cérvix. Eventualmente Belinda salió tan gentilmente como pudo, realineó el dildo y entró nuevamente. La Duquesa se estabilizó y dejó salir un largo suspiro mientras el dildo golpeaba sus ovarios. Belinda lo empujó más y más adentro en su vagina, ella se dobló hacia al frente y chupó las tetas de la Duquesa y otra vez comenzó a montarla, fuertemente.

'¡Por favor no pare Señorita Belinda, esto es tan rico! La Duquesa gritó en éxtasis.

'Si Mi Señora... ¡hasta yo me lo estoy disfrutando, y pronto se pondrá mejor!'

Belinda no tenía idea de cómo mejorar lo que estaba haciendo, pero estaba dispuesta a ello por al menos otros diez minutos. La Duquesa duró sólo dos minutos cuando llegó al orgasmo y Belinda sintió que era tiempo de cambiar tácticas. Por ahora ella misma se sentía extremadamente excitada y poniéndose de pie desabrochó el dildo y lo tiró al suelo.

"OK Mi Señora, es tu turno para complacerme… ¡chúpame por todos lados!'

Belinda se acostó en la cama mientras la Duquesa se arrodillaba. Sin necesidad de más instrucciones la Duquesa comenzó a lamer los senos de Belinda, su lengua se deslizó como una culebra bajando a su vello púbico y siguió el camino hasta la vagina. Mientras Belinda agarró las amplias tetas de su sirvienta y las comenzó a frotar duramente. La Duquesa gruñó, Belinda gruñó cuando su clítoris comenzó a ser castigado por la lengua de la Duquesa. Unos minutos más tarde, Belinda llegó al orgasmo, no una sino dos veces, su mente entró en un estado de confusión, las profundas sensaciones fueron demasiadas para ella. Ella se esforzó en recuperar conciencia y lo único que pudo murmurar fue,

'Gracias Mi Señora, gracias Mi Señora.'

'Gracias Señorita Belinda.' Fue la única contestación que recibió mientras la Duquesa se puso de pie y caminó hacia el armario. '¡Es tiempo que terminemos este fin de semana de locura así que regresemos a nuestras vidas reales antes que nos extrañen!'

'Estoy de acuerdo, ¿pero qué estás buscando?' contestó Belinda.

'Mi ropa de montar… Yo sé que la tuve conmigo, pero no te preocupes, tengo mi traje de lino blanco aquí… me pondré esto, la reunión al medio día en el Club Ecuestre no requiere vestido formal… ¡a menos que sea una cena por supuesto! Ella se rió y Belinda se unió, totalmente inconsciente de la ética en los círculos de montar caballos.

Belinda y la Duquesa se ducharon separadamente, luego se vistieron y se prepararon para el día. Mientras Belinda enganchaba el carro de caballo al 4x4 la Duquesa empacó el dildo de cuero seguramente en su estuche especial con el interior cubierto en zinc, tal como una cámara de un fotógrafo profesional. Con el cuarto del motel despejado, La Duquesa le puso el seguro a la puerta, dejó las llaves en la recepción y encendió el motor del vehículo grande. Para ser justos ella solamente rozó la esquina de una acera una vez en su viaje de regreso a la casa de campo en donde estaba estacionado el Merc de Belinda.

Belinda salió brincando del asiento del pasajero y le dijo sus hasta luego a la Duquesa. Ellas se habían intercambiado correos electrónicos y planificaron una reunión en un hotel en la Isla de Whyte en tres semanas. Era una gala y la Duquesa le prometió introducir a su 'Amante Sexual' a algunos conocidos de ella. Belinda sacó sus llaves del carro y abrió el Merc. Se encendió de inmediato, se despidió de la Duquesa, quien prontamente aceleró y dejó tras ella una nube de piedras y polvo.

Belinda no perdió tiempo en seguirla y estuvo en su oficina a una hora respetable de 9.30am. Mientras se sentaba en su escritorio, Belinda sólo podía pensar en lo que las próximas semanas tendrían para ella, si fueran algo como las pasadas 24 horas, ¡ella estaría realmente clavada!

****

Si disfrutaste de Belinda Blinked 1; entonces Belinda Blinked 2; te llevará más profundo al mundo sexual de negocios de Belinda y su rica aristocracia... ¡Lo prometo! Rocky xx.

Oye... quieres un poco más entonces por qué no me dejas enviarte algún material exclusivo de Belinda. Tengo algunas cosas que no me cupieron en el libro y pueden leerlos si desean. Algunas veces también envío boletines informativos con información de los personajes principales, un libro nuevo o podcast. ¡Te mantendré al día en la franquicia de Belinda y mojharé tu apetito por más! Es fácil, sólo envíame un email a flintstonerocky@gmail.com y me pondré en contacto.

Esto es lo que recibes;

1. Material que no se incluyó en el libro.
2. Una copia de las compras particulares para el apartamento nuevo de Belinda en el centro de Londres con el precio. ¡Sólo el agente de bienes raíces tiene esta información clasificada!
3. Un boletín informativo ocasional.
4. ¡Aviso previo de lo que está pasando en la franquicia de Belinda!

Yo, Belinda, Giselle, Bella y Tony quisiéramos con el corazón que nos dejaran un comentario honesto. Realmente nos ayuda a mantener nuestro éxito en el ranking de libros. ¡Gracias!

Contenidos

Si aun no has leído Belinda Blinked 1 o 2, ¡entonces búscalos en Google!

Nos puedes encontrar en www.BelindaBlinked.com y www.RockyFlintstone.com

Contenidos;

Made in United States
Troutdale, OR
05/03/2025

31078049R00030